Die spannenden und höchst seltsamen Abenteuer des Kobi Kühn

Bilder: Beni Eppenberger
Text: Elio Pellin
Layout: Christine Blau
Korrektorat: Monique Brunner
Internet: Nicole Aeby

Verlag Scharfe Stiefel, Zürich und Bern
www.scharfestiefel.ch

ISBN 978-3-033-01362-9

Eppenberger & Pellin

Die spannenden und höchst seltsamen Abenteuer des Kobi Kühn

Verlag Scharfe Stiefel

KAPITEL 1

Wie Kobi Kühn ganz normal lebt und wie es ihm plötzlich ganz merkwürdig zumute wird.

Kobi Kühn war ein Fussballnationaltrainer wie viele andere auch. Er qualifizierte sich für WM- und EM-Endrunden, er gab freundlich Autogramme und Interviews, und er variierte taktisch geschickt zwischen 4-4-2 und 4-2-3-1.
Kobi Kühn war nicht als grosser Denker bekannt, aber er machte sich schon so seine Gedanken. Er fragte sich etwa, wo in dieser künstlerisch wertvollen Verpackung um Himmels willen nur die Schokolade sein könnte? Wo kommen all die rotweissen Fähnchen her, und woher stammt der Strom, mit dem der Videorecorder läuft?
«Ganz einfach», sagte die Apox, «der Strom für deinen Videorecorder, der kommt von uns. Schau doch mal vorbei, wir zeigen dir alles und machen dann ein Foto.» «Prima», sagte sich Kobi Kühn, «wenn man brennende Fragen immer so rasch und einfach beantwortet bekäme, ja, dann wäre die Welt eine bessere.»
So ging Kobi Kühn hin und schaute, wie der Strom gemacht wird für seinen Videorecorder. Alles strahlte und blitzte nigelnagelneu. Auch der nigelnagelneue Kernreaktor strahlte und blitzte nigelnagelneu. Eben hatte die Apox ihn fertiggestellt und zeigte ihn stolz dem staunenden Kobi Kühn.
«Aha», sagte Kobi Kühn, «das ist also der Reaktor, der den Strom für meinen Videorecorder macht. Sehr beeindruckend.»

LEZIGRUND
1.
E
PRESS
2.
HUNDERTWASSER
SCHÜTTEL!
SCHOKO
3.
4.
APOX
APOX
5.
KLICK!
KLICK!
KLICK!
KLACK!
APOX
APOX
6.

Der nigelnagelneue Reaktor war mächtig stolz, dass er für den Videorecorder von Kobi Kühn Strom machen durfte. Er hatte bisher noch nie jemanden getroffen, den man im Fernsehen sieht, und so war er noch viel viel stolzer, ja, er platzte fast vor Stolz. Natürlich nur fast, denn ein Reaktor soll ja auf keinen Fall platzen. Das wusste auch der nigelnagelneue Reaktor, und er gab sich alle Mühe. So viel Mühe er sich aber gab, ein kleines Risschen konnte er dennoch nicht verhindern. Aber was war schon ein kleines Risschen, niemand hatte es bemerkt.

Kobi Kühn sagte: «Sehr interessant, jetzt weiss ich, wo der Strom für meinen Videorecorder herkommt, danke», und verabschiedete sich freundlich, wie er sich immer freundlich verabschiedete.

Kobi Kühn war glücklich und zufrieden, dass er jetzt wusste, wo der Strom für seinen Videorecorder herkam, aber irgendwie, irgendwie fühlte er sich trotzdem plötzlich ein klein bisschen komisch.

TSCHA
TSCHA
APOX
APOX
1.
APOX
TSCHA
TSCHA
APOX
2.
TSCHA!
APOX
APOX
3.
TSCHA
FURZZZ
4.
APOX
5.
6.

KAPITEL 2

Wie Kobi Kühn sein eigener Supererzfeind wird – und sich sehr darüber wundert.

«Am besten», sagte sich Kobi Kühn, dem nach dem Besuch beim nigelnagelneuen Reaktor der Apox ein klein bisschen komisch war, «am besten, ich setze mich hin und schau mir auf meinem Videorecorder in Ruhe ein Fussballspiel an.» Und so setzte sich Kobi Kühn gemütlich hin, um sich in aller Ruhe ein Fussballspiel auf seinem Videorecorder anzuschauen.

Aber was war das? Diese Stimme, die da aus dem Videorecorder jubelte und rief, diese Stimme kannte er, seit Jahren kannte er sie. Sie war ihm nicht gerade lieb, nein, das konnte man nicht behaupten, aber bekannt war sie ihm, die Stimme dieses übermütigen Ruefers. Doch diesmal war sie irgendwie anders. Sascha Ruefers Stimme traf ihn wie ein gebündelter Mikrowellenstrahl.

«Diese Stimme, **GULP GULP**, diese Stimme!! Was ist mit mir? Diese Stimme! **ARGGGH!**»

Kobi Kühn wurde durchgeschüttelt; es schien, als beginne er von innen heraus zu kochen. Ein brennender Schmerz durchzuckte ihn, und es war ihm, als würde es ihn zerreissen!

GULP, BLUBBER, AAAAAARGGGGH! Dann verlor Kobi Kühn für einen kurzen Moment das Bewusstsein.

1.
KLICK!
2.
3.
4.
AUA!
5.
6.

Als er wieder zu sich kam, war ihm schwindlig; nur ganz undeutlich konnte er eine Gestalt erkennen, die über ihm stand.
«Ha, du Narr!», donnerte die Stimme über ihm. Über sechzig Jahre war ich eingesperrt in dir, über sechzig Jahre nur Fussball, Fussball, Fussball. Jahraus jahrein, tagaus tagein, am Morgen, Mittag, Abend und in der Nacht immer nur Fussball. Ich hasse Fussball, ich hasse dich, und ich hasse Fussball. Doch jetzt haben mich die radioaktive Strahlung des nigelnagelneuen Reaktors und die Stimme von Sascha Ruefer befreit, endlich bin ich frei! Frei!! Jetzt werde ich dich vernichten, ich werde dich und den Fussball vernichten. Die Fussballwelt wird mich fürchten, denn ich bin dein Supererzfeind, ich bin… ähh… GigantoGoleo! Nein, ich bin… DER BLUTGRÄTSCHER!! Nein… ichbinichbin… TOTO-MATTO!!! **HARRR, HARRR, HARRR!!!**»

1.
2.
3.
4.
5.
6.

KAPITEL 3

Wie Kobi Kühn am Boden ist, aber nichtsdestotrotz Hilfe bekommt.

Benommen lag Kobi Kühn am Boden. Er fühlte sich schwach und hilflos. Was hatte er seinem Supererzfeind, dem mächtigen TOTO-MATTO, entgegenzusetzen? Wie sollte er den Fussball retten? Kobi Kühn war verzweifelt. Da sah er aus dem Licht eine Gestalt auf sich zukommen. War es etwa...? Konnte es sein? «Jesses! Super-Susi-Sutter, du?!!», hauchte Kobi Kühn.
«Ich bin es in der Tat, lieber Kobi. Wie immer bin ich da, wo mein guter Rat nicht gefragt ist.» Super-SusiSutter kontrollierte seine gut lackierte Langhaar-Frisur, strich sich übers Kinnbärtchen. Und dann sprach er: «Das ist eine bittere Stunde für dich, lieber Kobi Kühn. Du bist am Boden. Nichtsdestotrotz musst du dich auf deine Stärken besinnen und mit einem positiven Gefühl in den alles entscheidenden Kampf gegen TOTO-MATTO ziehen.»

1.
2.
3.
SUPER-
SUSI!
4.
5.
6.

«Aber wie?», fragte Kobi Kühn, «der mächtige TOTO-MATTO ist so mächtig, wo soll ich da ein positives Gefühl hernehmen?»
«Nimm dich zusammen, nur gemeinsam bist du stark. Du musst den Willen haben zu gewinnen. Und wenn das nichts nützt, tja, dann tschutt ihm einfach eins in die Eier.»

– – –

«So», meinte Super-SusiSutter nach einer kurzen Pause, die man ihm gar nicht zugetraut hätte, «nichtsdestotrotz werd ich mich jetzt verziehen, bevors brenzlig wird.»
Und weg war er, um mit harmlosen Kindern Fussball zu spielen, Häuser zu entwerfen und neuen Haarlack zu kaufen.

?
CIAO KOBI
PPPPP
PPPFFFFFFFFFFF

KAPITEL 4

Wie sich TOTO-MATTO aufmacht, den Fussball zu zerstören.

Derweil Kobi Kühn noch rätselte, wie er den Vorschlag von Super-SusiSutter umsetzen sollte, brütete in seinem Versteck ein mächtiger Supererzbösewicht über seinen finsteren Plänen. Wie würde er Kobi Kühn und den ganzen Fussball vernichten können? Aber noch viel wichtiger: Was eignet sich für einen Supererzbösewicht besser als Leibchenwerbung: dänisches Bier oder Mundwasser? TOTO-MATTO war noch unschlüssig. Eines war aber sicher: «Ich werde Kobi Kühn und den Fussball vernichten! Fussball, immer nur Fussball, auf allen Kanälen Fussball. Jahraus jahrein, tagaus tagein, am Morgen, Mittag, Abend und in der Nacht immer nur Fussball. Ab und zu mal Minigolf, Synchronschwimmen oder Dressurreiten, ist das vielleicht zu viel verlangt?!! Stattdessen nur Fussball. Aber ich werde es euch zeigen. Ich bin der grosse TOTO-MATTO! Ich werde mit euch spielen wie mit Puppen! Ich bin der Puppenspieler, und ihr hängt wie Marionetten an meinen Fäden.»

1.
GRRR!
TOTOMATTO
BITTE LÄUTEN
2.
GOOOAAAL!
DIE TABELLE
0:1
3:1
4 2
3.
WEG DAMIT!
4.
5.
6.

TOTO-MATTO holte kurz Luft, dann nahm er den Faden wieder auf: «Ich werde einen fiesen Apparat bauen: Blatter 1. Der wird alle Fussbälle auf der Welt aufsaugen und alle Rasenplätze mit unbespielbarem Kunstrasen überdecken. Das ist mein teuflischer Plan! **HARRR, HARRR, HARRR!!!**»
Der Supererzbösewicht fuchtelte wild mit den Plänen zu seinem teuflischen Plan und dirigierte damit zwei teuflische Gesellen, die ihm treu ergeben waren. Hui, da sausten sie durchs Versteck des mächtigen Fussballfeinds: Kick und Kack.
TOTO-MATTO hatte sie aus Erdklumpen geformt, die er unter den beiden Elfmeterpunkten des alten Wankdorfstadions ausgegraben hatte. Er hatte ihnen kleine Schnipsel aus uralten Fix- und Foxy-Heften unter die Zungen gelegt, eine Beschwörungsformel aus einem staubigen, geklauten Buch gemurmelt und die beiden mit seinem radioaktiven Laser-Teaser beschossen, und schon waren sie da, Kick und Kack, die fiesen Gehülfen, die ihm beim Bau seiner fiesen Erfindung helfen werden.

!
!
RUMPEL

KAPITEL 5

Wie Kobi Kühn sein schweres Amt annimmt und sich etwas Anständiges zum Anziehen besorgt.

«Also», meinte Kobi Kühn tapfer, «ich soll den Fussball retten. Gut, ich mache, was ich kann, und ich hoffe, dass uns Gott helfe, dass es gut herauskomme.»
Möglich aber, mutmasste Kobi nach einer kleinen dramatischen Pause, möglich, dass er grad etwas anderes zu tun habe, der Herrgott, als ihm zu helfen, den Fussball zu retten. «Also muss ichs selber anpacken, auch okay», dachte er, «denn halt.»
Aber zuerst, zuerst brauchte er etwas Anständiges zum Anziehen. Doch was tun? Der Laden im Quartier war schon zu, sein Lieblingstrainer grad in der Wäsche, und in Anzug und Krawatte kann man den Fussball einfach nicht retten, fand Kobi. Er überlegte hin, er überlegte her. Und er überlegte her und hin.
Da plötzlich... War da nicht noch... Hatte er nicht... Natürlich. Irgendwo musste er doch sein, dieser feuerrote Pyjama, den er zum Sechzigsten bekommen hatte. So ein praktischer Ganzkörperpyjama, mit Füssen – superchic – und mit einem prächtigen gestickten Fussball mitten auf der Brust. Das wird ein prima Kostüm, um den Fussball zu retten – auch wenn die FIFA keine Kombis erlaubt, sondern Trikot und Hose getrennt vorschreibt, aber was solls.

1.
SCHNARCH
2.
3.
altkleider
Kobi 1976
4.
5.
6.

Und irgendwo war bestimmt noch..., klar, vor ein paar Jahren, noch bevor er ein ganz normaler Fussballnationaltrainer war, hatte er mal als Zorro, Rächer der Rechtelosen, verkleidet bei einem Maskenball den ganzen Vorstand des Fussballverbandes zu Tode erschreckt. Die Vorstandsmitglieder waren käsebleich geworden und fürchteten schon einen Moment lang, der Rächer der Rechtelosen wolle ihnen die TV-Übertragungsrechte für die Challenge League abknöpfen, um sie ans rechtelose Volk zu verteilen. Doch dann erkannten sie Kobi, und alles war gut.
«Passt ja alles tipptopp», dachte sich Kobi Kühn, «so schaut einer aus, der nicht nur den Fussball, sondern die ganze Welt retten kann!»
Kobi fühlte sich stark. Und es zuckte in seiner Hüfte, in der man vor zwei Jahren ein nigelnagelneues Gelenk verschraubt hatte. Es zuckte, surrte und pulsierte, sein neues Hüftgelenk, wie es sonst immer zuckt, surrt und pulsiert, wenn das Wetter umschlägt – nur sehr, sehrsehr viel stärker!

!
Kostümfundus
1.
2.
3.
SFV
4.
5.
6.

KAPITEL 6

Wie Kobi auf einen trifft, den man schon ewig nicht mehr in einem Comic gesehen hatte.

«Wo willst du denn noch hin um diese Zeit – und in diesem merkwürdigen Anzug?», fragte die Frau von Kobi, dem plötzlich wieder einfiel, dass er seit gut vierzig Jahren verheiratet war.
«Nur schnell den Fussball und die Welt retten», antwortete Kobi so unaufgeregt wie immer vor entscheidenden Partien.
«Ach so», meinte seine Frau, «ja dann.»
Kobi zog los. Wo konnte er TOTO-MATTO finden? Wo steckte er? Wo heckte er seine teuflischen Pläne aus? Kobi überlegte und überlegte, da traf er unerwartet auf einen alten Bekannten. «Nein, aber auch», rief Kobi, «dich hat man ja schon ewig nicht mehr in einem Comic gesehen, ist das eine Überraschung. Der TSCHÄPPÄT!»
«Tja, immer viel zu tun. Immer viel unterwegs. Überall wollen Reden gehalten sein, überall gibt es Kameras und Mikrofone, in die etwas gesagt sein muss», erklärte der TSCHÄPPÄT. «Und du Kobi, immer noch im Fussballgeschäft?»
«Kann man so sagen, ja, ich bin grad dabei, den Fussball und vielleicht die ganze Welt zu retten.»
«Wie das? Den Fussball und die Welt retten? Was um Himmels willen ist denn los?!!»

1.
2.
GAHTS NO!
4.
TSCHÄPPÄT!
5.
KOBI!
6.

Kobi wurde etwas verlegen, zögerte einen Augenblick, und dann erzählte er: «Es gab da einen kleinen Unfall – nein, nicht in Mühleberg, mach dir keine Sorgen. Und überhaupt, es war ja nur ein klitzekleines Risschen. Aber immerhin hats gereicht, um die dunkle Seite der Fussballmacht in mir zu entfesseln und freizusetzen: den schrecklichen TOTO-MATTO!»
«Nein!», sagte ein erschütterter TSCHÄPPÄT.
«Doch», antwortete der tapfere Kobi.
«Aber das ist noch nicht alles. TOTO-MATTO hat geschworen, den Fussball zu vernichten!»
«Ist nicht die Möglichkeit!», sagte ein erschütterter TSCHÄPPÄT.
«Doch», antwortete der tapfere Kobi. «Offiziell kann ichs zwar noch nicht wissen, aber ich habe gehört, TOTO-MATTO wolle mit einem riesigen Apparat alle Fussbälle der Welt aufsaugen und alle Fussballplätze mit Kunstrasen bedecken!!!»
«Hmm», überlegte der TSCHÄPPÄT, «klingt jetzt aber nicht grad sooo dramatisch. Ich meine», sinnierte er, «Robbie Williams kann doch auch auf Kunstrasen singen, oder?»
«Öhhmm», antwortete ein etwas verdutzter Kobi, «wahrscheinlich schon … ja … aber …»
«Na, dann ist ja alles bestens, nicht? So, ich muss los. Also, machs gut, und wir sehen uns, gell?» Und so zog der TSCHÄPPÄT, den man schon ewig nicht mehr in einem Comic gesehen hatte, weiter, denn er hatte noch einen Termin bei der Fusspflege. Diese verflixten nigelnagelneuen Sieben-Fanmeilen-Stiefel. Noch von keinem Paar neuer Schuhe hatte er so fiese Hühneraugen bekommen. Schlimm. «Ja, wirklich ganz schlimm!!!», sagte der TSCHÄPPÄT.

1.
2.
ALARM!
3.
AUA!
4.
TSCHOU KOBI!
5.
FAN MEILE
6.

KAPITEL 7

Wie TOTO-MATTO der beste Bösewicht der Welt werden will.

DONG! DONG!! DONG!!! Während Kobi etwas verlassen dastand und der TSCHÄPPÄT an seinen Hühneraugen litt, arbeitete der superböse TOTO-MATTO im streng geheimen Geheimversteck an seinem tückischen Apparat. Zwei Wochen war er seinem Zeitplan voraus. «**HARRR, HARRR!**» lachte der Erzbösewicht. Seine Teufelsmaschine, die alle Fussbälle der Welt aufsaugen und alle Fussballplätze mit Kunstrasen bedecken wird, war bald betriebsbereit.

Doch nicht nur das, nein, dank einem neuen Bundesbeschluss konnte TOTO-MATTO 70 Prozent des CO_2-Ausstosses seines tückischen Apparats im Ausland kompensieren. Grossartig!

«So macht die Vernichtung des Fussballs erst richtig Spass», rief TOTO-MATTO seinen hurtigen Helfern Kick und Kack zu.

«Auch als Supererzbösewicht trägt man schliesslich eine gewisse Verantwortung für die Zukunft unserer Welt... unserer fussballfreien Welt, **HA HA HA HA!**»

?
!
1.
2.
Toc!
Toc!
Toc!
Toc!
Toc!
Toc!
Toc!
Toc!
Toc!
Toc!
Toc!
TOTOMATTO
BITTE LÄUTEN
3.
88
4.
18
5.
HA HA HA HA HA HA HA HA HA HA HA HA HA HA HA HA HA HA
6.

Und wenn alles laufe wie geplant, so dachte TOTO-MATTO, werde er als Bösewicht mit ökologischem Gewissen sicher nächstes Jahr ans WEF nach Davos eingeladen und dürfe mit Bono über die Probleme in Afrika diskutieren.
«Das macht sich in jedem Lebenslauf gut», dozierte TOTO-MATTO und gab Kick einen tüchtigen Tritt in den Hintern, **ZONG!**, weil der unfähige Homunkulus doch tatsächlich schon zum zweiten Mal innert 72 Stunden bei der Arbeit kurz eingenickt war.
«Reiss dich zusammen», zischte TOTO-MATTO den Schlaftrunkenen an, «wir sind hier in der Landwirtschaftszone, und da wird für einen lausigen Lohn gefälligst bis zum Umfallen gearbeitet! Schlafen mitten in der Woche!», wetterte TOTO-MATTO, «so weit kommts noch. Da könnte ich ja gleich polnische Praktikanten einstellen oder die Produktion nach China auslagern.»
TOTO-MATTO erinnerte sich kurz, dass er in seinem Grundlagenpapier mit dem Titel *Leitbild für das erzböse Unternehmen zur Dysfunktionalisierung des weltweit wichtigsten Ballspiels* festgehalten hatte, am meisten Erfolg verspreche ein Führungsstil aus Management by Fear einerseits und positiver Motivation andererseits. Und so beeilte er sich, seine beiden Helfer aufzumuntern: «Los ans Werk, der Fussball will zerstört sein; das können wir ja nicht einfach den Funktionären des Fussballverbandes überlassen!»

GRUMMEL!
SEUFZ!
1.
FOOD'N' LOVE
FOR
THE
2.
ZONG
3.
4.
A.C.M.E
5.
BÖSES TUN!
BÖSES TUN
BÖSES TUN
6.

KAPITEL 8

Wie Kobi Kühn plötzlich ganz böse in die Kritik gerät.

Kobi schaute auf seine Solaruhr. Es war noch nicht zu spät, den Fussball zu retten. Aber er musste den gemeinen TOTO-MATTO möglichst bald finden. Nur, wo mit der Suche beginnen? Kobi schaute zuerst einmal hinters Veloschöpfli. Doch da war er nicht. «Und jetzt?», fragte sich Kobi Kühn ratlos, als sein Blick ganz zufällig den Aushang am Kiosk vis-à-vis streifte. Und was sah er da? Schlagzeilen. Riesengross. Und nicht von der schmeichelhaften Sorte.

Ist Kobi der richtige Retter des Fussballs?
Kobi total unprofessionell: Im Pyjama gegen das Böse!
Kobi hat einen Vogel: Im Strampelanzug gegen TOTO-MATTO!
Pyjama-Kobi ratlos!
Braucht Kobi einen Kostüm-Manager?

«Zum Glück lese ich keine Berichte über mich selbst, sonst müsste ich mich wahrscheinlich aufregen», dachte Kobi, der sich dann aber tatsächlich ein bisschen aufregen musste, als er alle Berichte über sich gelesen hatte.

1.
?
2.
IST KOBI DER RICHTIGE RETTER DES FUSSBALLS?
3.
WÜRENLOSER CHÄSBLATT
KOBI HAT EINEN VOGEL
IM PYJAMA GEGEN DAS
4.
5$
Wümen
BOTE
KOBI IN DER DEFENSIVE
KOBI SPINNT!
5.
ANZEIGER
BRAUCHT KOBI EINEN KOSTÜM-MANAGER?
6.

Wer da alles eine Meinung hatte. Kobi war verblüfft. Elmar Ledergerber wurde mit dem Statement zitiert, die Süddeutschen seien sicher wieder an allem schuld. TOTO-MATTO sei bestimmt irgendwo im Schwarzwald und schlafe frech jeden Morgen lange aus, derweil in Schwamendingen um fünf Uhr in der Früh von den Jumbos aus Peking die Ziegel von den Dächern gedonnert werden. «Ein Skandal!», wie Ledergerber kurz und prägnant seinen Standpunkt zusammenfasste.
Fernsehmann Matthias Hüppi liess sich mit den Worten zitieren, wenn Kobi nicht einmal TOTO-MATTO finde, ja dann liege einiges im Argen – was ja irgendwie wie Aargau klinge. «Ich würde an Kobis Stelle mal dort mit Suchen anfangen», riet der St. Galler in Leutschenbach als ausgewiesener Fachmann.
«Auch ich würde eigentlich lieber gestreichelt als geschlagen», sagte Kobi mit Blick auf die Schlagzeilen tief enttäuscht – und so ratlos wie zuvor...

OH JE
1.
ZZZZZZZZZZZZZZ
2.
WWWWRUSSSCH
3.
WO ISCH ER?
F
4.
LAPPI, MACH D'AUGÄ UUF!
AG
5.
?
6.

KAPITEL 9

Wie Kobi auf eine Idee kommt.

PLOPP! Ein Schatten legte sich über Kobi. TOTO-MATTO war es nicht. Was war es dann? Ein Flugzeug? Eine Rakete? Supergirl oder Aeschbacher?
«Du stehst mir in der Sonne», murmelte Kobi missmutig.
«Das ist genau meine Absicht», sagte der Schatten, «ich bin von der Krebsliga.»
Krebsliga, dachte sich Kobi, das klingt fast wie Nationalliga. Ach, das waren noch Zeiten. Nationalliga, Krebsliga, Lungenliga, was hätte Kobi darum gegeben, in irgendeiner Liga zu sein.
«Vielleicht kannst du mir weiterhelfen, ich suche TOTO-MATTO, er will den Fussball vernichten!»
«Wo TOTO-MATTO ist, ja, das wüssten wir auch gerne», sagte der Schatten von der Krebsliga. «TOTO-MATTO ist der letzte Supererzbösewicht, der noch ohne lückenlosen Sonnenschutz arbeitet. Das macht uns natürlich schon Sorgen.»
???? Kobi staunte stumm **????**
«Ja, den Fussball oder die Welt vernichten, das ist das eine. Aber Hautkrebs, damit ist nicht zu spassen!»
???? Kobi staunte immer noch. Dann meinte er: «Sonnenschutz? TOTO-MATTO ist doch von Kopf bis Fuss eingepackt. Was braucht er da noch einen Sonnenschutz?»

HALLO
1.
?
2.
3.
4.
SCHPINNSCH
5.
6.

«Von Kopf bis Fuss eingepackt? Nicht ganz. Sieh mal!», der Schatten von der Krebsliga zeigte auf ein Foto, das er zufällig dabei hatte, «da guckt noch ein Stück raus. – Hier eine Crème mit UVA- und UVB-Schutz, Faktor 99 für delikate Haut. Könntest du die TOTO-MATTO mitbringen, wenn du ihn findest?»
«Delikate Haut, meine Nerven!», rief Kobi Kühn ziemlich entnervt.
«Ja», meinte der Schatten von der Krebsliga, «man sollte die Gefahr durch die Sonnenstrahlung nicht unterschätzen. Das kumuliert sich, auch bei einem Unflat wie TOTO-MATTO.»
Kumulieren? Unflat? Das brachte Kobi auf eine Idee. Vielleicht konnte er TOTO-MATTO so finden…
Nun wusste Kobi, was zu tun war. **ZISSSSSSCH**, war er weg; nicht schneller als sein eigener Schatten, aber weg war er.

UVA BLOC
PLOPP!

KAPITEL 10

Wie Kobi TOTO-MATTO aufspürt – gerade noch rechtzeitig.

PLING! PLING!! PLING!!! Der superböse Fussballfeind war eben mit einem Differentialakkumulator und drei Karbonflanschen vom HobbyCenter in sein Versteck zurückgekommen und montierte die letzten Teile mit ein paar Hammerschlägen an seine Teufelsmaschine.
Jetzt war sie fertig. Gross und gefährlich lag sie da, bereit, den Fussball und damit höchstwahrscheinlich die ganze Welt zu vernichten.
«**HA HA HA!!**», lachte TOTO-MATTO so böse er konnte. Da stand sie vor ihm, die teuflischste Maschine, die sich je ein supererzböses Gehirn ausgedacht hatte. Einen kurzen Moment genoss er die Schönheit seiner fiesen Schöpfung, dann steckte er den Zündschlüssel ein und startete den Apparat.
RROOOAAAARRRR! Ein infernalisches Röhren, Röcheln und Rumpeln setzte ein, die Luft vibrierte, der Boden bebte. Und mit einem teuflischen Tosen saugte TOTO-MATTOs Maschine einen Fussball nach dem anderen ein und spuckte leintuchgrosse Fetzen von Kunstrasen über die Fussballplätze der ganzen Welt.

HOBBY MARKT
1.
KLOPF!!..
KLOPF!
2.
DEATH PROOF II
3.
HA!
HA!
HA!
HA!
HA!
4.
GD
KLICK
5.
KNATTER
RATTER
SAUG!
6.

«**HARR HARR HARR!!**», dröhnte TOTO-MATTO, «niemand wird mich aufhalten können! Niemand!!»
«Da wäre ich mir aber nicht so sicher», hörte er plötzlich eine Stimme hinter sich.
«Kobi Kühn! Mist!»
«Ja, da staunst du, TOTO-MATTO, gell?»
«Aber wie… wie hast du mich gefunden? Mein Geheimversteck war geheimer als alles, was je geheim war. Es war so geheim, dass ich es selbst fast nicht gefunden hätte! Wie bist du nur darauf gekommen, dass ich genau HIER bin?!!»
«Nichts leichter als das», meinte Kobi, «ich habe ganz einfach deine Daten aus der Hooligan-Datenbank mit den Daten deiner CumulusSupercard verglichen, und voilà.»
Kobi lächelte sanft und meinte versöhnlich: «Also, TOTO-MATTO, du hattest deinen Spass. Aber jetzt ist es genug. Schalt das Ding da ab.»
«Kommt gar nicht in Frage», entgegnete TOTO-MATTO trotzig.
Unversöhnlich standen sich die beiden gegenüber. Tja, soviel war klar, hier würde nicht einmal mehr eine Mediation helfen.

HA!
HA!
HA!
FLUP
FLUP
1.
HE!
FLUP!
FLUP!
FLUP!
2.
DU?!
3.
STELL AB!!
4.
NIE!
5.
FLUP
FLUP
FLUP
6.

KAPITEL 11

Wie Kobi vernichtend geschlagen wird.

«Die Welt ohne Fussball, das kannst du nicht machen, TOTO-MATTO.»
«Doch, kann ich», antwortete TOTO-MATTO höhnisch und lachte Kobi aus. «Und du wirst mich nicht daran hindern. Du hast vielleicht früher mal den einen oder anderen genialen Pass gespielt, aber jetzt, mit deinem künstlichen Hüftgelenk, was kannst du da noch machen? Jetzt bist du höchstens noch so genial wie… wie… wie ein Rennpferd.»
«Wie ein Rennpferd?» Kobi war verwirrt. «Was ist denn jetzt das für ein merkwürdiger Vergleich. Genial wie ein Rennpferd?»
Aber Kobi hatte keine Zeit, lange darüber zu rätseln, denn in einer gemeinen Parallelaktion hatten sich Kick und Kack während seines Disputs mit TOTO-MATTO von hinten angeschlichen und beschossen ihn aus ihrer Isostar-Kanone. **SPLATSCH-SPLATSCH-SPLATSCH** klatschten die Isostar-Geschosse auf Kobi ein.

HÄ?
FUSCH!

Das sah böse aus, doch plötzlich: Kobi täuschte kurz eine Drehung nach links an, wendete sich dann aber geschmeidig und elegant nach rechts, und **KRAWOUMM!!!** schaltete er die Isostar-Kanone mit einem gezielten Schlag aus.
Doch was war das?! TOTO-MATTO zückte eine grosse grellrote Karte. Das war fies! Kobi war wie gelähmt, stand regungs- und fassungslos da. Kick und Kack schrien wie aus tausend Kehlen: «Kobi raus! Kobi raus! Kobi raus!»
Kobi konnte sich nicht rühren, da holte TOTO-MATTO zum ultimativ gemeinen Schlag aus: Mit seinem Laser-Teaser **ZZZZZZSCH**! schoss er einen radioaktiven Strahl mitten in die rote Karte. **PLOFF!** zerspritzte sie in unzählige kleine rote Kärtchen, die Kobi unter sich begruben.
Da lag er, kraftlos und besiegt. War der Fussball verloren? Wer konnte TOTO-MATTO jetzt noch aufhalten?

WUSCH
1.
2.
ARSCHKARTE !!
3.
KOBI RAUS !!
KOBI RAUS!
KOBI RAUS!
18
18
4.
PÄNG!
5.
6.

KAPITEL 12

Wie Kobi dann aber doch nicht so extrem vernichtend geschlagen ist.

Kobi besiegt? Nein. «Noch läuft die Nachspielzeit», sagte sich Kobi. Sein künstliches Hüftgelenk, das ihm vor ein paar Jahren eingesetzt wurde, begann zu zucken. Die Strahlung aus dem kleinen Riss, den niemand am nigelnagelneuen Reaktor bemerkt hatte, musste das Titangelenk mutiert und aufgeladen haben. Und ein Teil von TOTO-MATTOs Laser-Teaser-Strahl war abgelenkt worden und hatte das mutierte Gelenk aktiviert.

Es begann in Kobis Hüfte zu surren und zu glühen und zu vibrieren **GGRRRRRR! SSSSRRRR!** – und dann… So einen Schuss hatte Kobi Kühn noch nie abgefeuert. Nicht im Wembley, nicht im Letzigrund, nicht im Wankdorf oder im Joggeli. Den letzten Ball, den TOTO-MATTO eben mit seinem Apparat aufsaugen wollte, erwischte Kobi im letzten Moment voll volley. Eine hammermässige Granate, die jeden Goalie samt Torpfosten und Tribüne in den Orbit gepfeffert hätte, knallte gegen den Apparat. Der Ball prallte ab, schlug zuerst Kick, dann Kack für die nächsten 200 Jahre k. o. und spedierte den grauslichen Ballsauger in die unendlichen Tiefen des Alls!

WART EMAL!
1.
2.
TOFF
3.
AUTSCH!
18
ZOiiiiNG!
AUA!
TOFF!
4.
DEATH PROO
KNALL!
5.
SSSSSSSSS-SS-SSSSSSS
6.

Wie Konfetti regneten alle Bälle, die TOTO-MATTO aufgesaugt hatte, aus dem aufgeplatzten Supersauger und prasselten auf die Erde. Dort jubelten die Menschen über den gewaltigen Schuss Kobis, von dem sie noch ihren Enkeln und Urenkeln erzählen werden.
TOTO-MATTO war besiegt. Kaum hörbar hauchte er noch: «Tischtennis, Luftpistolenschiessen, Waffenlauf … bitte, nur keinen Fussball …» Dann begann er sich zu einer nebligen kleinen Wolke aufzulösen, die Kobi Kühn tief einsaugte, um den scheusslichen TOTO-MATTO wieder, und diesmal für alle Ewigkeit, in sich einzuschliessen.
Kobi hatte den Fussball und höchstwahrscheinlich die ganze Welt gerettet! War das schön! Und alle hatten es gesehen. Zu Hause, unterwegs am Telefönchen oder auf Grossleinwand im Public Viewing. Natürlich musste Kobi gleich ein Interview geben.
«Ein wahrer Hitchcock-Final!», begann der Reporter mit der originellsten Intervieweinleitung der TV-Geschichte. «Sie schienen schon geschlagen, konnten in letzter Sekunde die Begegnung aber noch für sich entscheiden. Wie fühlen Sie sich?»
Kobi fühlte sich ganz merkwürdig, er fühlte sich, als beginne er von innen heraus zu kochen. Ein brennender Schmerz durchzuckte ihn, und es war ihm, als würde es ihn zerreissen. Diese Stimme, diese Stimme kannte er doch. Das war doch die Stimme von … von … Sascha Ruefer! **GULP, GULP! … ARGGGHH!!!**

1.
2.
SAUG
3.
4.
WIE FÜHLEN SIE SICH?
JA GUT...
5.
AAARRRRRRRRRGG
6.

PÄDAGOGISCH WERTVOLLER ANHANG

Aufgaben für den Unterricht in der Unterstufe:

Auf welchen Bildern ist Kobi Kühn?

Finde ihn, übermale ihn mit deinem Lieb-

lingsfilzstift und bitte deine Eltern, dir ein

neues Kobi-Kühn-Buch zu kaufen.

Aufgaben für den Unterricht in der Oberstufe:

a) Nenne alle dänischen Biermarken, die du kennst.
b) Errechne die Anzahl 33 cl-Dosen, die eine Gruppe von 10 Jugendlichen mit einem durchschnittlichen Body-Mass-Index 15 für ein k.-o.-Saufen braucht.

Aufgabe für den Unterricht auf der Gymnasialstufe:

Auf die Werke welcher grosser Schriftsteller wird in **DIE SPANNENDEN UND HÖCHST SELTSAMEN ABENTEUER DES KOBI KÜHN** angespielt?
Kreuze an:

❑ Ulrich Bräker
❑ Dan Brown
❑ Lukas Hartmann
❑ Charles Lewinsky
❑ Bruno Manser

DER ERFOLGSTITEL DERSELBEN AUTOREN

ISBN 978-3-033-00553-2

Zufriedene Käuferinnen und Käufer von DER KLEINE BUNDESPRÄSIDENT schreiben dankbar an den Verlag Scharfe Stiefel:

«Ich hatte die Hoffnung schon aufgegeben. Alles hatte ich schon versucht: Bachblüten, Scientology, Sven Epiney. Aber erst DER KLEINE BUNDESPRÄSIDENT erlöste mich von meinen Prostatabeschwerden.»
B.A. aus G.

«Sie können sich nicht vorstellen, wie es ist, wenn man das Haus seit 40 Jahren nicht mehr verlassen hat, weil man Angst hat, der Himmel falle einem auf den Kopf. Gegen diese Spätfolgen meines exzessiven Konsums von französischen Comics in frühester Jugend gab es bisher keine Therapie und keine Medikamente. Doch Freunde, die ich schon lange nicht mehr habe, schenkten mir DER KLEINE BUNDESPRÄSIDENT. Seither kann ich mich befreit jeden Sonntagmorgen von 6.55 Uhr bis 7.12 Uhr in einem Radius von 127,5 Meter um mein Haus bewegen. Und die Prostatabeschwerden, unter denen ich seither leide, seien für eine Frau mit meiner Krankengeschichte unter diesen Umständen ganz normal, versichert meine Gynäkologin.»
S.U.-V. aus A.